LA JOVEN DE HYDE PARK

John H. Watson

Tabla de Contenido

Para Marta Berges Espinosa

La visita de Lestrade

A nadie se le escapa que, desde que empecé a publicarlas, las aventuras de Sherlock Holmes tuvieron una fama sin precedentes. Fue algo abrumador. Nunca estuve del todo seguro del efecto que dicha fama tenía en él. A veces, me parecía que, aunque no lo exteriorizara, se sentía orgulloso de que todo el mundo hablara de él y de que, a menudo, fuera el centro de las conversaciones; otras muchas, en cambio, me daba la sensación de que vivía ajeno a todo aquello porque, al fin y al cabo, Sherlock Holmes era Sherlock Holmes, es decir y seguro que los lectores me entenderán, alguien extremadamente complejo en cuyo interior era muy difícil penetrar.

Lo cierto es que, aunque durante muchos años se publicaron sus casos más relevantes o, si se quiere, lo más espectaculares e incluso sensacionalistas de cara al gran público, esto es, aquellos en los que muchos autores lo presentaron incluso luchando contra fuerzas sobrenaturales como si las mismísimas criaturas del infierno recorrieran la faz de la tierra, hubo muchos otros casos más, por llamarlos de alguna manera, «normales», a los que apenas se les dio ninguna publicidad, pero que igualmente contribuyeron a que mi amigo combatiera la inactividad que tanto llegaba a deprimirlo y a arrastrarlo hasta límites insospechados de decadencia.

El caso del asesinato de Martha Beresp fue uno de ellos. No tuvo enorme difusión, nunca fue uno de los más conocidos de Holmes, no participaron en él espías extranjeros o misteriosas fuerzas del Más Allá, pero no por ello dejó de tener su importancia para nosotros, en especial, porque aconteció en enero de 1890, muy poco tiempo después de que los asesinatos de Jack el Destripador pusieran en jaque a toda la policía británica.

Todo comenzó una mañana gris, fría como todas las de invierno y con el característico cielo plomizo que parecía fundirse con las chimeneas de la ciudad. Habíamos pasado una noche tranquila y yo me encontraba en el sillón de nuestra sala en Baker Street, absorto en la lectura de *The Times*.

Mi buen amigo Sherlock Holmes, que ignoro si habría desayunado o no pero que, si lo había hecho, desde luego que no había sido delante de mí, se dedicaba a una de sus habituales ocupaciones en las que la experiencia me había enseñado que era mejor ignorarlo por completo y que no consistía en otra cosa más que en la observación detenida de un pequeño frasco de cristales de algún compuesto químico que, según me había explicado antes, contenía una sustancia que aún no había logrado identificar por completo.

La calma, habitual en nuestro hogar cuando no estábamos inmersos en ningún caso, solo era perturbada por el sonido de la lluvia que empezaba a golpear la ventana, cuando, de repente, se escucharon unos pasos rápidos y decididos en la escalera, seguidos de un enérgico golpe en la puerta.

—Debe de ser Lestrade —murmuró Holmes sin levantar la vista de sus cristales—. Está claro que no son los pasos de la señora Hudson y, a juzgar por cómo suenan los de nuestro viejo amigo, viene preocupado por algo, aunque lo cierto es que rara vez ha venido a visitarnos simplemente por cortesía.

No habían pasado ni dos segundos cuando la puerta se abrió y, efectivamente, el inspector Lestrade de Scotland Yard apareció, empapado por la lluvia y con la expresión tensa que ya conocíamos tan bien. El hombre siempre traía consigo un aire de urgencia, pero esta vez su semblante parecía aún más grave de lo habitual.

—¡Holmes, Watson! —exclamó, sacudiendo el agua de su sombrero nada más entrar—. Espero no interrumpir nada importante, pero esto requiere de su inmediata atención.

Holmes, sin inmutarse, dejó el frasco sobre la mesa y se dejó caer en su sillón, con una media sonrisa.

—Mi querido Lestrade, siempre es un placer verle. Cuéntenos, ¿qué crimen de nuestro gigantesco Londres trae su visita a estas horas?

El inspector, visiblemente agitado, se sentó sin que nadie se lo ofreciera, quitándose el abrigo mojado y dejando escapar un suspiro pesado antes de hablar.

—Es un caso espantoso, Holmes. Esta misma mañana, uno de nuestros hombres ha encontrado el cuerpo de una joven en Hyde Park. Una chica de unos quince años... asesinada, sin lugar a dudas.

Sentí un escalofrío recorrerme la espalda, y, sin querer, dejé caer el periódico que sostenía.

—¡Dios mío! —exclamé—. ¿Tan joven?

—Así es, doctor —respondió Lestrade, inclinándose hacia adelante con el rostro grave—. Es algo desconcertante. El agente que estaba de ronda halló el cuerpo poco después del amanecer.

La pobre chica yacía entre los árboles, en una zona algo apartada y poco transitada del parque. Por lo poco que he podido ver, no me ha parecido que existieran signos evidentes de lucha en el lugar. Nada más que el cadáver frío y sin vida.

Holmes, que hasta entonces había mantenido una expresión relajada, frunció el ceño ante las palabras alarmadas de Lestrade.

—¿La han identificado ya? —preguntó, con un tono más serio.

—No, todavía no —contestó Lestrade—. No llevaba ninguna identificación consigo. Vestía un sencillo vestido azul claro y parecía bien alimentada. No era de clase alta, pero desde luego, a juzgar por su vestimenta y constitución, tampoco pertenecía a los sectores más desfavorecidos de la sociedad. He enviado a algunos hombres a investigar las casas de los alrededores, pero hasta ahora no hemos tenido respuestas.

Holmes se levantó lentamente y caminó hacia la ventana, mirando al exterior, como si la lluvia le ofreciera alguna pista invisible para el resto de los mortales.

—Cuénteme más detalles, Lestrade —dijo después de un momento—. ¿Cómo era la escena? ¿Alguna señal particular en el cuerpo? Si no lo ha hecho ya, la lluvia deshará cualquier pista, por lo que lo que usted haya visto y recuerde puede resultar crucial ya que, con toda probabilidad, a estas alturas habrá dejado de existir.

—Bueno... —Lestrade titubeó un momento, intentando recordar—. No parecía haber sufrido demasiado. No había señales de golpes en la cabeza ni en el cuerpo, aunque había una fina línea en su cuello, como si hubiera sido estrangulada con algo delgado, quizá un cordón o un alambre. Quizá lo más curioso fue lo que el agente encontró en su mano.

Holmes se volvió lentamente.

—¿Y bien? —preguntó impaciente.

—Sostenía una flor, Holmes. Una pequeña flor blanca. No sabemos si se la colocaron después de la muerte o si la llevaba consigo, pero es lo único que hemos encontrado en sus manos.

—¡Lestrade, por favor! —le interrumpió bruscamente Holmes—. Hasta un niño se daría cuenta de que no podía llevar la flor consigo. ¿Quién es capaz de mantener algo en las manos cuando le están estrangulando? La reacción natural no es otra más que agarrar aquello que provoca la asfixia para intentar librarse de lo que causa el estrangulamiento o, por lo menos, para intentar aflojar la presión sobre el cuello. No le digo que no la llevara consigo antes de sufrir la agresión, pero está claro que no pudo mantener la flor asida en su mano durante la misma, por lo que, si es ahí donde la ha encontrado, sin duda debieron de colocársela después de muerta o, por lo menos, cuando ella todavía estaba inconsciente.

Lestrade carraspeó, visiblemente enrojecido ante la enérgica diatriba de Holmes.

—No llevaba encima joyas ni ningún otro objeto valioso. Quizá fue simplemente un robo que se complicó —añadió, como queriendo desviar la atención de su anterior intervención.

Se produjo un momento de silencio mientras Holmes procesaba la información. Yo, por mi parte, no podía dejar de pensar en la pobre muchacha, sola en el parque, con una flor en la mano como único testigo de su último suspiro.

Mi amigo caminó lentamente hacia la chimenea y se detuvo frente a ella, con las manos cruzadas detrás de la espalda, una pose que adoptaba cuando su mente estaba completamente concentrada en un problema.

—¿Solo eso? ¿Ninguna otra pista? —preguntó finalmente, sin volverse—. ¿Nadie vio ni escuchó nada inusual?

—Nada, Holmes. Hyde Park es un lugar muy transitado, pero a esas horas tempranas y sobre todo con la lluvia nadie pasea. Que yo sepa, no hay ningún testigo. El parque debía de estar prácticamente desierto. Lo único que tenemos es la flor y el cuerpo de la chica.

Holmes se volvió y lo miró.

—¿Por qué ha venido, Lestrade? ¿Me quiere hacer creer que Scotland Yard es incapaz de resolver lo que parece ser un crimen común?

El inspector dio muestras de sentirse molesto por aquellas preguntas.

—He venido, señor Holmes, porque no han pasado ni dos años que teníamos en las calles a un sanguinario asesino que mutilaba a sus víctimas sin ninguna piedad y que, de repente, desapareció sin dejar rastro. Sé que esto no tiene nada que ver; de hecho, admito que no guarda absolutamente ningún parecido. Sin embargo, aquello fue una absoluta locura que muchos somos incapaces de olvidar y no quiero que ahora se produzca una oleada de muertes de niñas en parques o en cualquier otro lugar. Ya le digo que esta chica no tendría más de quince años.

Sherlock Holmes no pareció reaccionar ante las palabras de Lestrade, como si no le hubieran transmitido nada o como si no le hubieran provocado ninguna emoción.

—Watson —soltó de repente, como si súbitamente se hubiera accionado algún mecanismo dentro de él—, parece que nuestros servicios van a ser necesarios esta mañana. Abríguese bien para protegerse de la lluvia, ya que vamos a acompañar a nuestro viejo camarada a Hyde Park.

Lestrade, aliviado por la rápida respuesta de Holmes, se levantó de inmediato.

—Se lo agradezco enormemente, Holmes. No perdería ni un solo minuto en llevarlos allí. El cuerpo todavía está en el parque. Estamos esperando a los forenses y ese es el motivo por el que me he presentado aquí, porque quería que usted y el doctor Watson pudieran ver el cadáver *in situ* antes de su retirada.

Holmes asintió, suavizando la expresión de su rostro y recogiendo su abrigo del perchero con la elegancia que lo caracterizaba.

—¡Vayamos pues! —concedió—. No hay ningún motivo para que perdamos más tiempo.

El cadáver de Hyde Park

El desplazamiento en carruaje desde Baker Street hasta Hyde Park transcurrió en silencio. Lestrade, siempre con su actitud enérgica pero taciturna, permanecía concentrado, mientras Holmes, como de costumbre, parecía perdido en sus propios pensamientos. A través de las ventanillas, Londres se deslizaba bajo una fina cortina de lluvia, gris y sombría, como si la ciudad misma compartiera el peso de la tragedia que íbamos a presenciar.

Cuando llegamos al parque, un grupo de policías ya había acordonado la zona alrededor del cuerpo. Nos recibieron con rostros serios y sombríos, mientras el sonido constante de la lluvia sobre el follaje circundante añadía una inquietante serenidad a aquel lugar.

Holmes no tardó en lanzarse a la acción. Apenas habíamos bajado del carruaje cuando comenzó a caminar hacia el centro de la escena, esquivando charcos y ramas caídas con esa agilidad que tenía cuando se ponía en movimiento y que tanto seguía sorprendiéndome. Por su parte, Lestrade, con el sombrero calado hasta las cejas, nos siguió con paso decidido.

—Ahí está el cuerpo, Holmes —especificó el inspector, señalando con uno de sus dedos un pequeño claro entre los árboles.

Apenas a unos metros, el cuerpo de la joven yacía en la hierba. Su pálido y apagado rostro, en una imagen estremecedora, contrastaba con el oscuro verdor del suelo empapado. Aquella chica, tal y como habíamos imaginado tras la descripción dada por Lestrade, no era más que una sombra trágica de lo que debía haber sido en vida. Su vestido azul claro, ahora empapado por la lluvia, se pegaba a su delgado cuerpo y, como había dicho el inspector, una fina línea en su cuello parecía ser la única señal visible de la violencia que había sufrido.

Me acerqué con cautela y, después de que Holmes me diera su autorización mediante un asentimiento, me arrodillé junto al cuerpo. Aunque cualquier médico debería haberse centrado en el cadáver que tenía delante, confieso que lo primero en lo que me fijé fue la delicadeza de la flor que aún descansaba en su mano y que, como símbolo de vida y de belleza, tanto desentonaba en aquel macabro escenario.

Al igual que yo, Holmes se inclinó sobre la joven, observando primero su rostro y después el cuello donde la marca dejada por el estrangulador era visible a simple vista. Pasó un dedo con delicadeza sobre la fina línea rojiza que bordeaba la piel pálida, sin llegar a tocarla.

—Estrangulamiento con un cordón fino tal y como dijo, Lestrade —comentó con tono pensativo—. No una cuerda común, sino algo más delgado, quizás un cordón de seda o incluso un alambre. No es sencillo precisarlo a simple vista.

Me incorporé mientras Holmes se movía hacia los pies de la víctima y observé el entorno. Efectivamente, estaba relativamente aislado, en especial también porque Hyde Park nunca estaba tan transitado por las mañanas como lo estaba por las tardes. Además, los árboles formaban una especie de refugio natural, protegiendo el lugar de las miradas curiosas.

—Watson, ¿alguna observación sobre la joven? —preguntó mientras se incorporaba, aunque sabía que lo hacía más para mantenerme involucrado que por verdadera necesidad de mi diagnóstico.

Me acerqué nuevamente al cuerpo y lo revisé con mayor detenimiento.

—No hay señales de lucha —comenté—. Ninguna marca de golpes o heridas, salvo la línea en su cuello. Sus manos no muestran signos de haber intentado defenderse, lo cual podría indicar que fue sorprendida por su asaltante o que este era tan fuerte que la neutralizó con rapidez sin darle tiempo a poder hacer nada.

Holmes asintió en silencio, como si ya hubiera previsto mi respuesta. Se inclinó nuevamente hacia la mano en la que la muchacha sostenía la pequeña flor.

—Esta flor es lo que más desconcierta —dijo en voz baja, como si hablara consigo mismo—. El cuerpo fue dejado aquí con un propósito, pero esta flor... no encaja. Es una adición extraña. ¿Por qué poner una flor en la mano de una joven asesinada?

Nadie respondió, ni siquiera Lestrade, que habitualmente se mostraba escéptico ante las deducciones de Holmes o que incluso se burlaba de lo que a menudo consideraba como un exceso de arrogancia por parte de mi amigo y que ahora parecía estar de acuerdo con sus palabras.

—Quizá simbolice algo —sugirió el inspector de repente—, pero no sé qué puede ser. En todo caso, no puede ser accidental.

Me quedé en silencio, teniendo más que claro que en la mente de Holmes todo cobraría sentido tarde o temprano y que solo era cuestión de tiempo para que la chica, esa flor y la causa de su muerte se conectaran de forma precisa.

Levanté la vista y sorprendí a Holmes con las manos en los bolsillos de su abrigo y con la vista perdida hacia el horizonte, como si buscara algo en la bruma del parque.

—Esto no es un crimen al azar —comentó—. No se trata de un simple asesinato cometido en un impulso. Quienquiera que haya hecho esto, planeó cuidadosamente el lugar, el método y hasta el detalle de la flor.

El sonido de la lluvia se intensificó sobre los árboles, mientras una ráfaga de viento frío recorrió el parque, como si quisiera darnos a entender que aquella mañana Hyde Park era el peor sitio en el que podíamos estar.

—¿Quién descubrió el cuerpo, Lestrade?

—¡Carrington! ¡Venga aquí un momento!

Uno de los policías que custodiaban el lugar y que, cuando llegamos nosotros, se había alejado del cuerpo de la chica para dejarnos inspeccionar el escenario y para asegurarse de que ningún curioso se acercara más de la cuenta, se aproximó ante la llamada del inspector.

—Imagino que conoce a Sherlock Holmes y que no necesita que se lo presente. Nos ha ayudado en numerosas ocasiones. —El agente asintió—. Cuéntele cómo descubrió el cuerpo y hágalo tal y como lo hizo conmigo hace un par de horas.

El tal Carrington carraspeó, aclarándose la voz.

—No es nada fuera de lo común, señor Holmes. Fue esta mañana, mientras hacía la ronda matutina. Las calles estaban desiertas y también el parque. Era muy temprano y además había empezado a llover, por lo que imaginaba que no me encontraría con nadie. Mejor para mí, a nadie le gusta encontrarse con problemas. Aunque, por lo que le digo, no esperaba encontrarme con nadie ni ver nada del otro mundo, no es raro que en los rincones más oscuros o apartados del parque la gente aproveche para esconderse y realizar acciones al margen de la ley, por lo que siempre solemos echar un vistazo por donde sabemos que en más de una ocasión nos hemos encontrado delincuencia o comportamientos indecorosos.

—¡Vaya al grano! —le interrumpió Holmes con brusquedad ante un Lestrade que torció el gesto.

—No hay mucho que contar, señor Holmes —se defendió el agente quien, no obstante, parecía estar alargando su relato para aprovechar la que intuía que posiblemente sería la única ocasión en su vida de charlar con mi célebre amigo—. Le cuento todo esto para dejarle claro el motivo por el cual me adentré en una de las zonas menos frecuentadas de Hyde Park.

—Está bien —concedió Holmes—, pero continúe, haga el favor.

—Fue el vestido lo que me llamó la atención. Un llamativo color azul en mitad de la hierba, en un lugar por donde paso varias veces todos los días y en el que sabía que aquello, se tratara de lo que se tratara, estaba fuera de lugar. Cuando me acerqué, vi el cuerpo de la niña. Estaba completamente empapado y sus ojos abiertos al máximo, al igual que ahora.

—¿La encontró en la misma posición en la que se encuentra ahora o nota algo diferente?

—No, señor Holmes, está todo exactamente igual que como la encontré, pero eso es porque no la hemos dejado sola en ningún momento. Cuando vi de lo que se trataba, empleé el silbato para llamar la atención de mis compañeros. Se presentaron Spencer y Douglas y fue este quien se fue a avisar al inspector mientras Spencer y yo permanecíamos junto al cuerpo.

Intervino Lestrade.

—Así fue. Acababa de llegar a Scotland Yard cuando el agente Douglas entró en mi oficina, calado y sin dejar de temblar. Me contó lo que había descubierto el agente Carrington y acudí aquí. Cuando vi que se trataba de una chica tan joven, no me lo pensé y fui a buscarlos. Creo que ya en Baker Street fui lo suficientemente claro sobre los motivos que me impulsaron a acudir en busca de su ayuda.

Aunque no fue muy escandaloso, de repente se originó un pequeño griterío procedente del lugar en el que se encontraban los otros agentes y en el que los primeros curiosos, los más madrugadores, habían empezado a arremolinarse.

—¡Inspector, venga aquí un momento, por favor! —gritó uno de los agentes.

Soltando un bufido, el inspector Lestrade se alejó de nuestro grupo y se dirigió al agente que lo había llamado. Aunque desde donde estábamos no podía oír nada de lo que hablaba, vi cómo charlaba con un chiquillo que daba muestras de encontrarse bastante alterado. Apenas medio minuto después, le pasó una mano por el hombro y, acompañándolo o quizá más bien impidiendo que echara a correr, le permitió acercarse a nuestro grupo.

—Dice que cree que la conoce —empezó a explicar el inspector.

No fue necesario que continuara hablando. Derrumbándose y echándose a llorar delante de nosotros, el muchacho, que a lo sumo tendría doce o trece años, nos dio toda la información que hasta el momento nadie había sabido proporcionarnos.

—Martha... ¡Es Martha!

Martha

Me resulta algo difícil narrar lo que sucedió a continuación, pero no me queda otro remedio. Si no lo hiciera, los lectores no entenderían bien cómo conseguimos identificar a la chica y cómo conseguimos saber dónde vivía, si bien imagino que podrán deducirlo sin esfuerzo.

El chiquillo que no había cejado en su empeño de llegar hasta nosotros apenas pudo hablar a causa de la impresión que le provocó ver el cadáver de la chica. Tuve que atenderlo para ayudarle a superar la horrible angustia que sentía, primero porque me correspondía hacerlo como médico y segundo porque me daba miedo que se encargara de ello un Sherlock Holmes que no habría hecho otra cosa más que atosigarlo con tal de que contara cuanto antes los detalles que él quería saber.

Cuando se calmó un poco, repitió que se llamaba Martha y que era una chica muy conocida y querida por todos en el barrio donde vivía y en el que una auténtica multitud de muchachos, unos más pequeños y otros más mayores, se juntaban para jugar en las calles al caer la tarde. Además, nos contó que, aunque Martha no pertenecía a su grupo por ser más mayor, era muy simpática, estaba siempre sonriendo y todos la adoraban.

Al terminar su relato, entrecortado por los sollozos, entendí el verdadero motivo de su reacción y es que no me costó reconocer en sus palabras el típico enamoramiento, platónico si se quiere, que todos hemos experimentado a esa edad. Así, mientras Lestrade se quedó en Hyde Park con sus hombres para encargarse de todo lo concerniente a la retirada del cuerpo, Holmes y yo acompañamos al pequeño a su casa para que no tuviera que hacerlo solo.

El cielo pareció querer darnos una tregua, puesto que dejó de llover y, por eso, pudimos llegar a la casa en la que vivía aquel muchacho en unas condiciones un poco más decentes que cuando nuestras ropas no dejaban de chorrear agua. Fueron precisamente sus padres los que, tras quedarse espeluznados ante la noticia de la muerte de Martha, a la que ellos también conocían, nos dieron la información relativa al lugar en el que vivía su familia, los Beresp.

Como podrá imaginarse, fue el siguiente sitio al que Holmes y yo nos encaminamos. Se encontraba en una calle tranquila de Kensington, una zona que indicaba una cierta posición social, aunque tampoco lujosa. La casa era una de esas construcciones de ladrillo oscuro, con cortinas pesadas y jardines cuidados, pero sombríos. Mientras ascendíamos los escalones hacia la puerta principal, me embargó una sensación de opresión, quizá influenciada por la gravedad de nuestra visita y por el horrible mensaje que nos habíamos visto en la penosa obligación de transmitir.

Nos abrió la puerta un hombre de complexión menuda, de cabellos grises que caían desordenados sobre su frente y unos ojos apagados que evitaban el contacto directo. Su figura parecía encorvada no solo por los años, sino por una vida entera de resignación. Ignoro si imaginó lo que éramos o si reconoció a Holmes de alguna vez que hubiera visto su foto en algún sitio, pero lo cierto es que tan solo fue capaz de pronunciar una única palabra.

—¿Martha?

Mi amigo le apretó un hombro y se limitó a asentir, sin necesidad de decir nada. El hombre comenzó a sollozar y, haciendo un enorme esfuerzo, nos condujo a una sala de estar lúgubre, decorada con muebles oscuros y tapices que parecían absorber toda la luz que entraba por las ventanas. El aire en la habitación era pesado, aunque quizá esa fue la sensación que tuve debida al horrible cometido que nos había llevado allí.

Se dejó caer en un sillón exteriorizando una fatiga que iba más allá de lo físico y dando la sensación de que la vida hubiera dejado de tener sentido para él. Fue en este momento en el que una mujer de dura expresión entró en la sala, permaneciendo de pie junto al que sin duda era su marido y mirándonos de una forma que, por lo menos a mí, me dio a entender que sobraban las palabras.

Sin necesidad de mayores preámbulos, Holmes les contó todo lo que había sucedido desde que el inspector Lestrade llegara a Baker Street y lo hizo con su particular estilo, esto es, con una franqueza y lujo de detalles que muchas veces resultaban hirientes e innecesarios y que demostraban su habitual falta de tacto.

No esperaba la reacción de la señora Beresp, cuya imponente presencia, mirada aguda y postura erguida proyectaban una autoridad indiscutible. Su rostro, aunque demacrado por el dolor reciente, mantenía una dureza que contrastaba con el abatimiento de su esposo. Vestida de negro riguroso, se acercó a nosotros con paso decidido.

—¿Qué hacen ustedes realmente aquí y por qué no ha venido la policía? ¿Acaso nuestra hija no merece que sea la policía quien se encargue en vez de un par de aficionados? —preguntó sin rodeos, en una mezcla de enojo y dolor.

Imaginé una respuesta enérgica por parte de Holmes, pero lo cierto es que, afortunadamente dadas las circunstancias, no se produjo.

—Señora Beresp, soy Sherlock Holmes y este es mi colega, el doctor Watson. Le puedo asegurar que, si estamos aquí, es porque la policía está haciendo los máximos esfuerzos para esclarecer qué es lo que le ha sucedido a su hija. El mismísimo inspector Lestrade, de Scotland Yard, acudió en persona a nuestros aposentos para rogarnos nuestra implicación en este caso. Ese es el motivo por el que estamos aquí. Estamos investigando la muerte de su hija y creemos que cualquier información que ustedes nos puedan proporcionar será crucial.

—Investigando... —repitió ella, frunciendo el ceño—. ¿Acaso piensan que nosotros, sus propios padres, no sufrimos lo suficiente como para que además insinúen que hay algo que desconocemos sobre la muerte de nuestra hija? ¿En ningún momento se les ha pasado por la cabeza que necesitamos estar solos para poder llorar por la muerte de Martha? ¡¿Ustedes creen que este es el mejor momento para investigar?!

La voz de la señora Beresp era aguda y cortante, mientras su mirada se dirigía a su marido con desdén, como si el mero hecho de que él estuviera sentado junto a nosotros sin decir nada fuera una ofensa. El señor Beresp se removió incómodo en su asiento, pero no dijo nada. Era evidente que ella dominaba no solo la conversación, sino toda la dinámica familiar.

—Nuestro objetivo no es causarles más dolor —intervino Holmes, sin dejarse afectar por la actitud de la mujer—. Simplemente buscamos pistas, cualquier detalle sobre la vida de su hija que pudiera ayudarnos a esclarecer lo que le sucedió.

La señora Beresp se sentó frente a nosotros, con una elegancia rígida que contrastaba con la vulnerabilidad que podría esperarse de una madre en duelo.

—Martha era una niña obediente —comenzó a decir, moderando un tanto su tono aunque con la voz quebrada—. Siempre bajo mi supervisión. Era un poco... soñadora, quizás, pero no una muchacha tonta. A veces me preocupaba que esa inclinación hacia las fantasías la llevara por caminos peligrosos. Ya sabe, los jóvenes tienen ideas absurdas, especialmente cuando empiezan a creer que se enamoran de quien no deben.

Noté una ligera mueca en los labios de Holmes al escuchar estas palabras.

—¿Podría aclararnos eso? —preguntó Holmes, con interés genuino.

La señora Beresp alzó una ceja, como si fuera obvio lo que iba a decir.

—Martha tenía muchos admiradores, pero, sobre todo, un joven que siempre la ha rondado. Se llama James. Un pobretón que se empeñaba en acosarla. Le dije mil veces a Martha que no debía permitir que se acercara tanto, pero ya saben cómo son las jóvenes, a veces se dejan llevar por las ilusiones.

—¿Por qué nos está contando todo esto? ¿Sospecha que el tal James ha tenido algo que ver con la muerte de Martha? ¿Sabía si su hija le correspondía? —preguntó mi amigo.

La señora Beresp hizo un gesto de desdén.

—Oh, no, en absoluto. ¡Gracias a Dios! Martha tenía la cabeza en las nubes, era una soñadora, a menudo decía mil tonterías sobre que las mujeres debían cambiar el mundo y no sé qué estupideces más, pero afortunadamente sabía que aquel muerto de hambre no le convenía.

El señor Beresp, hasta entonces en silencio, hizo un débil intento de intervenir.

—Martha era una buena chica, Harriet... —murmuró con voz temblorosa—. Quizá la presionamos demasiado.

La mirada que la señora Beresp le lanzó fue fulminante y el pobre hombre se hundió aún más en su sillón, como si lamentara haber hablado.

Holmes observaba la interacción con un brillo calculador en los ojos. Sabía, al igual que yo, que la señora Beresp era una mujer posesiva, cuya voluntad controlaba todos los aspectos de la vida familiar. Incluso en ese momento de dolor, su instinto era el de dominar y el de asegurarse de que ella tuviera el control, aunque fuera sobre la narración de la vida de su hija.

—Dígame, señora Beresp —dijo Holmes tras un breve silencio—, ¿notaron algo extraño en el comportamiento de Martha en las semanas previas a su desaparición?

La mujer frunció el ceño, como si la pregunta fuera innecesaria.

—Nada que no pudiera manejar. Si algo estaba mal, ella no me lo dijo. Si me lo hubiera dicho, habría hecho lo necesario para corregirlo. Martha sabía que podía contar conmigo para guiarla por el camino correcto.

—James, ese joven... —continuó Holmes—, ¿era cercano a la familia?

El señor Beresp hizo un esfuerzo por responder antes de que su esposa pudiera intervenir.

—Mi mujer no lo dejaba ni acercarse. Él simplemente intentaba ganarse el afecto de Martha, pero ella... la verdad es que no parecía que sintiera lo mismo, la verdad.

La señora Beresp apretó los labios, claramente disgustada por la intervención de su esposo.

—¡Y menos mal! —replicó la madre, con frialdad—. Espero que ese pordiosero no haya tenido nada que ver con la muerte de Marta porque, como haya sido así porque ella lo rechazaba, les juro que yo...

No terminó de decir lo que pensaba, pero no hizo falta para que todos entendiéramos lo que estaba sugiriendo, lo que me provocó, lo confieso, una sensación de profundo asco. Su carácter posesivo sobre marido e hija, su aparente desprecio hacia cualquier opción de vida que no pasara por su control y la insinuación nada velada acerca de la implicación del joven James en la muerte de Martha formaban un cuadro bastante perturbador que no hacía más que intranquilizarme.

El cuarto de Martha

El ambiente en la casa de los Beresp se volvió aún más tenso tras nuestra larga conversación en el salón. No obstante, tal y como imaginé, Holmes, con su habitual tenacidad, no estaba dispuesto a marcharse sin antes realizar una inspección más profunda y, por lo visto, tenía más que claro cuál iba a ser nuestro siguiente paso: examinar el cuarto de Martha, algo que, como también supuse, no fue del agrado de su madre.

Quizá para evitar una confrontación o como parte de un tira y afloja entre ambos por el dominio de aquella situación, Holmes se dirigió al señor Beresp, quien continuaba sentado en el sillón con la cabeza gacha.

—Señor Beresp —dijo con su voz grave y mesurada—, necesitamos ver el dormitorio de su hija. Podría haber algo allí que nos ayude a esclarecer los últimos días de su vida.

El hombre, sumido en su abatimiento, asintió débilmente sin oponer resistencia, si bien, antes de que pudiera siquiera levantarse para llevarnos ante él, su mujer intervino con firmeza.

—¿Para qué quieren verlo? —clamó desafiante—. No veo por qué más ojos extraños deben entrometerse en nuestra intimidad. Mi hija ya no está. ¡No quiero que se rebusque en su vida!

Holmes se volvió hacia ella con una mirada imperturbable.

—Comprendo su dolor, señora —expresó con rotundidad—, pero le aseguro que nuestra intención no es violar la privacidad de su hija, sino encontrar respuestas. Estamos colaborando con Scotland Yard. Me sorprende que, por un lado, nos haya sugerido con insistencia a un joven pretendiente como posible responsable de la muerte de su hija y, al mismo tiempo, parezca que no quiera que averigüemos nada sobre su vida.

La señora Beresp enmudeció por un instante, sin duda sorprendida por la franqueza de Holmes. Durante unos segundos, sus ojos se encontraron y la dureza en la mirada de la mujer pareció ceder ligeramente ante el peso de las palabras de Holmes. Aunque claramente resentida, la madre finalmente cruzó los brazos y, con un tono seco y como si su marido no tuviera ninguna autoridad para hacerlo, accedió a la petición de mi amigo.

—Muy bien. Hagan lo que deban. Pero no curioseen más de lo necesario.

El señor Beresp, con manos temblorosas, se levantó y nos condujo hasta la puerta que daba a las escaleras. Subimos en silencio por el estrecho y oscuro pasillo que nos llevó al segundo piso. La casa, al igual que el salón de abajo, era oscura y cargada de muebles pesados de caoba y alfombras gruesas. Todo parecía estar diseñado para sofocar cualquier rastro de ligereza o alegría, como si se tratara de sentimientos que no se permitían en aquella casa.

Finalmente, llegamos a la puerta del cuarto de Martha. El señor Beresp se detuvo un instante, como si le costara abrir la puerta de la habitación de una hija de la que se acababa de enterar que ya no volvería a ver nunca más. Con un profundo suspiro, giró el picaporte y nos dejó pasar para luego retirarse en silencio.

El dormitorio de Martha era sencillo, casi austero, si bien guardaba un aire juvenil que contrastaba con la rigidez de la casa. Las paredes, empapeladas con un tono crema, apenas estaban decoradas salvo por un par de cuadros pequeños con paisajes rurales. El mobiliario consistía en una cama de hierro con un cobertor blanco, una cómoda de madera oscura y un tocador con un espejo ovalado. Todo estaba en orden, pero también había una quietud extraña, como si el tiempo se hubiera detenido desde que Martha salió de ese cuarto por última vez.

Holmes empezó a examinar la habitación con ese método suyo preciso y minucioso que no podía negarse que era efectivo, pero que, a su vez, me resultaba enormemente tedioso en tanto en cuanto suponía siempre que yo me quedara callado y no le molestara. Mientras él exploraba cada rincón, yo me quedé observando los objetos que había en aquella habitación: el peine de plata sobre el tocador, los libros apilados en una mesita al lado de la cama, una pequeña caja de música que descansaba junto a las velas apagadas...

—Todo aquí evidencia una vida ordenada —comenté—, aunque quizá demasiado controlada por su madre. No parece que Martha tuviera mucho espacio para ser ella misma.

Holmes, que estaba examinando el tocador, se giró hacia mí.

—Precisamente, Watson. Todo aquí parece estar en su sitio, pero eso solo me lleva a sospechar que algo no encaja. El control absoluto dificulta tener secretos y, sin embargo, todos los jóvenes tienen los suyos.

Holmes se puso a explorar más a fondo. Revisó la cómoda, pero solo encontró ropa bien doblada y nada que llamara la atención. Después, inspeccionó las paredes y el suelo, tanteando en busca de compartimientos ocultos, lo que que hacía siempre que sospechaba que algo importante estaba escondido, pero tampoco obtuvo un resultado satisfactorio.

Al llegar a la cama, Holmes levantó las sábanas y, sin sorprenderse demasiado, deslizó una mano por debajo del colchón. En un movimiento hábil, sacó un pequeño paquete de cartas, atadas con una cinta de seda azul.

—¡Lo sabía! —murmuró, mostrándome las cartas con una sonrisa de triunfo.

Me acerqué para observar más de cerca mientras Holmes desataba la cinta. Las cartas estaban escritas a mano con una caligrafía elegante, claramente masculina. El contenido era inequívoco: eran cartas de amor. Aunque no se mencionaba un nombre concreto, las palabras ardían de pasión, revelando una relación secreta entre Martha y un hombre cuyo tono y lenguaje revelaban un gran conocimiento sobre ella.

—Estas no son las cartas de un simple conocido —aseveró Holmes, mientras leía una de las misivas—. Aquí habla alguien que conocía profundamente a Martha, alguien que era consciente de su vida personal, de sus frustraciones y de sus deseos.

—James, ¿tal vez? —aventuré.

Holmes negó con la cabeza.

—No. El estilo es demasiado refinado para la descripción que la madre nos ha dado de él. No, Watson, había otro hombre en la vida de Martha y parece ser que mantenían una relación oculta.

Guardó las cartas cuidadosamente, volviendo a atarlas con la cinta azul.

—Debemos irnos —añadió con firmeza—. No hay nada más que debamos ver aquí, pero estas cartas nos han revelado algo crucial: Martha no estaba solamente bajo la influencia de James ni de su madre. Había alguien más. Y ese alguien seguramente temía que su relación secreta saliera a la luz.

Nos retiramos de la habitación, pensativos, pero a su vez plenamente conscientes de que ahora contábamos con una pieza clave del rompecabezas. Mientras descendíamos las escaleras, Holmes se mantuvo en silencio hasta que de nuevo tuvo enfrente a los Beresp.

—Hay una cuestión de la que no hemos hablado antes —soltó de forma escueta y directa.

—¿De qué se trata? —preguntó la madre, con la misma actitud a la defensiva que, en realidad, no había dejado de mostrar en ningún momento.

—Su hija ha sido encontrada esta mañana en Hyde Park, lo que implica que, o bien salió muy temprano de casa o bien no pasó la noche aquí.

—Martha solía ir algunas tardes a casa de una amiga y algunas veces se quedaba a dormir con ella —atajó la señora Beresp sin dar tiempo a que Holmes llegara a formular ninguna pregunta—. De igual modo, la otra chica también venía a nuestra casa y de vez en cuando pasaba la noche aquí.

—Anoche, al ver que no llegaba, pensamos que se habría quedado en casa de Sarah... Como hacía tan mal tiempo con la tormenta... ¿quién iba a pensar que...?

El padre no pudo terminar de expresar lo que pensaba o sentía, ya que la emoción de nuevo se apoderó de él.

—¿Conocen el apellido de la tal Sarah? —insistió Holmes.

—No, señor Holmes —se apresuró a responder la mujer con cierta brusquedad—. Es una chica pelirroja, muy amiga de Martha, pero no sé cuál es su apellido.

—Si le soy franco, me sorprende bastante en una madre tan controladora o, si lo prefiere, tan preocupada por saber qué hacía su hija a cada momento. Les mantendremos informados de lo que averigüemos. ¡Buenos días, señores!

Con estas palabras tan cortantes por parte de mi amigo, abandonamos el hogar de los Beresp. Fuera, la fría brisa de Londres nos golpeó en los rostros, si bien, en lo que a mí respecta, la recibí con alivio después del opresivo ambiente que habíamos tenido que soportar en aquella casa a consecuencia de una hostilidad, la de aquella mujer, cuyo sentido se me escapaba por completo.

—Watson —comentó Holmes, sacándome de mis pensamientos—, ahora sabemos que Martha tenía dos hombres en su vida. Uno de ellos, no se escondía y dejaba claro lo que sentía por ella... quizá demasiado, si es cierto lo que nos ha contado la madre. El otro, cuya identidad desconocemos, ha dejado en cambio un rastro que podría conducirnos hasta él. Es hora de que conozcamos a James, a Sarah y, si es posible, al amante secreto.

—¿Por quién quiere empezar, Holmes?

Mi amigo se quedó pensando un par de segundos.

—Creo que vamos a hacerlo por James. Todo parece indicar que el joven estaba profundamente enamorado de Martha y eso, en determinadas circunstancias, puede volverse un motivo poderoso para llevar a cabo actos desesperados.

El encuentro con James

Lo cierto es que no nos costó nada averiguar datos sobre el tal James. Apenas un par de horas fueron suficientes para que un frutero, un carnicero y un mozo de almacén a los que encontramos en tres lugares diferentes de aquel barrio nos contaran todo lo que queríamos saber, lo que me hizo recordar aquella vez que, abroncándome por lo mal que en su opinión había afrontado el encargo que me había hecho, Sherlock Holmes me recomendó que el mejor lugar para buscar información solía ser a menudo un bar que estuviera cerca de los hechos.

Nosotros no recurrimos a un bar aquella mañana, pero, gracias a aquellos tres insospechados confidentes que diría que nunca llegaron a sospechar de nuestra identidad, supimos que el tal James Smith era un año mayor que Martha, que pertenecía a una familia más humilde que los Beresp, que efectivamente bebía los vientos por ella y que era muy amigo de dejarse ver por las tabernas al caer la tarde al no tener problemas a la hora de entrar en ellas por tener una complexión que le hacía parecer ser más mayor de lo que era y por estar muchas veces regentadas por dueños que no le hacían ascos a los chelines, procedieran de donde procedieran.

—No creo que lo encontremos pues en ningún local en pleno mediodía, mi querido Watson. Creo por ello que podemos retirarnos a Baker Street para comer y descansar un poco antes de volver esta tarde o noche por estos lares.

FUE LO QUE HICIMOS hasta que, sobre las siete de la tarde, habiendo ya oscurecido del todo como sucede siempre a esas horas en enero, nos encontramos en *The Green Swan*, una taberna que nos habían contado que era su preferida y que se encontraba situada en un callejón poco transitado, aunque no por ello exento de vida. En el exterior, algunos clientes jugaban a los dardos, mientras que otros se agrupaban en pequeños grupos con pintas de cerveza en sus manos. Al entrar, fuimos recibidos por el ambiente cargado de humo de tabaco y el bullicio habitual de un lugar donde las clases más populares se refugiaban del frío londinense.

Holmes, quien muchas veces se había disfrazado para adentrarse en este tipo de ambientes pero que esta vez no lo había hecho, se dirigió sin vacilar hacia el tabernero, un hombre robusto de expresión adusta que limpiaba una jarra con más energía de la necesaria.

—Buenas tardes —dijo Holmes empleando un tono educado, a la par que autoritario—. Buscamos a un joven llamado James Smith. Según nos han dicho, suele frecuentar este lugar. ¿Lo conoce?

El tabernero alzó la vista un instante y, tras escrutar nuestros rostros, respondió con voz ronca.

—¿James? Sí, claro que lo conozco. Está aquí casi todas las noches. Es un buen chico, un poco callado. ¿Quién pregunta por él?

Me entró la duda de qué respondería mi amigo y si preferiría revelar o no nuestra verdadera identidad. No me costó nada despejar la intriga.

—Sherlock Holmes, detective consultor. Este es mi colega, el doctor John Watson. Estamos investigando la muerte de una joven, Martha Beresp, y creemos que James podría tener información relevante.

El tabernero se estremeció al escuchar el nombre de la chica, claramente familiar para él.

—¡Martha, sí! Pobre muchacha. James estaba colado por ella. La mayoría aquí lo sabe. —Dejó la jarra a un lado—. Si lo esperan un poco, suele llegar a eso de las ocho, aunque no sé si hoy lo hará. Me figuro que lo de Martha habrá sido un enorme mazazo para él.

Holmes y yo tomamos asiento en una de las mesas al fondo, en un rincón que nos permitía ver la entrada. No pasó mucho tiempo hasta que un joven delgado, de cabello desordenado y rostro demacrado, cruzó el umbral de la puerta. A simple vista, se le veía como alguien afectado y había algo en su andar que sugería que se trataba de un alma golpeada por los recientes acontecimientos.

Mi amigo se levantó y se dirigió hacia él, utilizando de nuevo ese estilo directo tan característico en él.

—¿James Smith? —preguntó directamente.

El joven, sorprendido, alzó la mirada y su rostro se ensombreció cuando pareció reconocer a Sherlock Holmes, al fin y al cabo, una de las caras más conocidas de Londres. Sabía que el detective estaba allí por un motivo y probablemente también adivinaba cuál era.

—¿Es usted de la policía? —preguntó con desconfianza.

—No exactamente —respondió Holmes con calma—. Soy Sherlock Holmes y colaboro con Scotland Yard. Estamos investigando la muerte de Martha Beresp y creo que usted podría ayudarnos.

La mención del nombre de Martha pareció afectar profundamente al chico. Sus ojos se oscurecieron de tristeza y su actitud se volvió defensiva.

—No tengo ni idea de lo que ha sucedido —se defendió con la voz quebrada y aun cuando no se le había acusado de nada—. Solo sé que está muerta. ¿Es eso lo que quiere oír?

Holmes lo invitó a sentarse con nosotros, algo a lo que el joven accedió con no poca reticencia. Nos quedamos en silencio unos instantes, esperando a que se calmara. Finalmente, tras un profundo suspiro, James comenzó a hablar.

—Martha era todo para mí. La amaba, aunque ella nunca quiso aceptarme. Me decía que yo no era para ella, que su madre nunca lo permitiría. Pero yo... —hizo una pausa, como si le costara admitir lo que sentía—, yo habría hecho cualquier cosa por ella.

—¿Se veían a menudo? —pregunté, tratando de obtener más detalles acerca de la relación y tratando de suavizar la impresión que parecía haberle causado el hecho de encontrarnos allí.

James asintió, aunque saltaba a la vista que no le resultaba nada sencillo hablar sobre el tema.

—Nos encontrábamos a menudo en el parque, pero nunca... nunca me dejó acercarme más allá de eso. Siempre fue amable conmigo, pero mantenía su distancia. Su madre... —James apretó los dientes—. Me insistía en que ella nunca habría permitido que alguien como yo estuviera con su hija.

—¿Alguien como usted?

Sabía lo que quería dar a entender, pero quise que fuera él quien lo expresara con palabras.

—Pobre. Sin recursos. Una escoria para esa gentuza.

Me sorprendió que utilizara esa palabra cuando la persona que decía amar había aparecido muerta a primera hora de la mañana. Fue quizá por la vacilación que me produjo que Holmes, siempre perspicaz, aprovechó la oportunidad para seguir él con la conversación.

—¿Sabe si Martha tenía algún otro pretendiente? —preguntó, observándolo atentamente—. Alguien más cercano a las expectativas de su familia, tal vez.

James pareció titubear. Sus manos, temblorosas, se entrelazaban sobre la mesa.

—No lo sé. Martha nunca me habló de ningún otro hombre. Pero había... había algo en ella últimamente. Estaba más nerviosa, más distante. Llegué a pensar que quizá había alguien más, pero saberlo, lo que se dice saberlo, no lo sabía con seguridad... supongo que, en realidad, tampoco quería hacerlo.

—¿Se refiere a que creía que alguien más la estaba cortejando? —presionó mi amigo.

James levantó la vista hacia mí, con una mirada en la que se podía ver la tristeza que sentía.

—No sé si alguien la cortejaba o si ella había aceptado a otro. Solo sé que algo había cambiado en las últimas semanas. Ya no quería verme con la misma frecuencia. Intenté hablar con ella, pero siempre estaba ocupada y me evitaba. Fue como si... —hizo una pausa y suspiró—, como si algo hubiera cambiado en su vida.

Holmes inclinó la cabeza.

—¿Qué cree usted que pudo haber cambiado, James? —preguntó.

El joven negó con la cabeza, incapaz de ofrecer una respuesta concreta.

—No lo sé, señor Holmes. La verdad es que, aunque no me amaba, siempre hablaba conmigo sin ningún problema e incluso yo diría que se divertía estando conmigo. Sin embargo, de repente, no sé por qué, pero dejé de ser importante. No me queda otra que pensar, si no quiero volverme loco, que algo o alguien le había hecho cambiar de opinión.

Holmes mantuvo un momento de reflexión en silencio, dejando que las piezas encajaran en su mente. Sabía que James no mentía, pero también sabía que estaba ocultando algo, aunque probablemente no a propósito, sino porque el joven, en su dolor, no era capaz de ver más allá de su propio rechazo.

Finalmente, Holmes se levantó, indicándome con ello que nuestra visita a *The Green Swan* había concluido.

—Gracias por su tiempo, James. Si recuerda algo más, no dude en ponerse en contacto conmigo —dijo Holmes, entregándole una tarjeta—. Le aseguro que, si cabe, estamos más interesados que usted en descubrir la verdad de lo que le sucedió a Martha.

James tomó la tarjeta con manos temblorosas y asintió, haciendo un esfuerzo sobrehumano para contener las lágrimas.

—Solo quiero que se haga justicia por ella —murmuró antes de que nos fuéramos.

Cuando salimos de la taberna, el frío se apoderó de nosotros, ya que la temperatura había caído bastante. Caminamos en silencio durante varios minutos, hasta que finalmente Holmes habló.

—Watson, James está roto por el rechazo de Martha. No creo que sea él quien la haya matado, pero claramente había algo más en la vida de esa joven, algo que hizo que se apartara de este joven enamorado. Sea lo que sea, estamos más cerca de descubrirlo y creo que las cartas que escondía bajo su colchón nos ayudarán a hacerlo.

La revelación

Holmes y yo volvimos a Baker Street, sumidos en un silencio en parte reflexivo y en parte debido al frío. Coincidía con mi amigo. Efectivamente, las cartas que habíamos encontrado en el cuarto de Martha parecían ser la clave de todo; sin embargo, por desgracia no estaban firmadas y no parecía haber ningún rastro evidente sobre la identidad del remitente. Las cartas, eso sí, desprendían una pasión intensa, una que hablaba de un amor clandestino y peligroso, diametralmente opuesto al que ofrecía un James que pregonaba a los cuatro vientos lo que sentía por Martha.

Holmes se sentó frente a la chimenea, encendió su pipa y comenzó a meditar. Sabía que en esos momentos lo mejor era dejarlo solo con sus pensamientos. Me senté a su lado y, para evitar que me entrara el sueño, lo que en realidad ya estaba sucediendo, repasé mentalmente los últimos acontecimientos: el hallazgo del cadáver en Hyde Park, la angustia de los padres, la relación no correspondida de James y ahora estas cartas que revelaban una relación secreta.

—Watson —dijo Holmes finalmente, rompiendo el silencio—, estas cartas son nuestra conexión directa con el verdadero culpable. Martha tenía un pretendiente mucho más influyente, mucho más peligroso que el pobre James. Alguien que, por la calidad de la correspondencia y las expresiones utilizadas, es claramente un hombre de educación superior y de medios considerables.

—Sin duda —respondí—. Pero ¿cómo averiguamos su identidad si no están firmadas?

Holmes dio unas cuantas caladas a su pipa antes de contestar.

—La clave está en las pequeñas pistas que deja cada palabra, cada giro de frase. El estilo de escritura es refinado, probablemente perteneciente a alguien que ocupa un puesto de relevancia social. Además, hay un detalle curioso: en una de ellas menciona que «mi esposa cada vez sospecha más». Es un hombre casado, Watson, lo que vuelve este asunto en algo cada vez más truculento. ¿Cómo cree usted que deberíamos proceder?

Me quedé pensativo. Si las cartas no eran suficientes por sí mismas, estaba claro que necesitaríamos otra vía para identificar a este amante secreto.

—Quizás alguna de las amigas de Martha podría saber algo más sobre este hombre —sugerí—. No se olvide que la madre nos dijo que tenía una amiga especial.

—Lo recuerdo, Watson. La tal Sarah, la muchacha pelirroja. Tengo más que claro que ella será la persona que mejor conozca la relación clandestina que tenía su amiga y que sabrá muchas más cosas sobre Martha de las que sabe su madre, por mucho que ella esté convencida de que no se le escapaba nada sobre la vida de su hija.

Holmes se levantó de su sillón de un salto, como si hubiera tomado una decisión súbita.

—Pero, antes de buscar a esa posible confidente, haremos algo más práctico y cómodo para nosotros —añadió—.

Llamaremos a nuestros jóvenes amigos, los Irregulares de Baker Street. Son capaces de obtener información en los rincones más oscuros y discretos de la ciudad y nos han ayudado en el pasado más veces de lo que la gente cree, en parte también, Watson, porque usted los eliminó de muchas de las historias en las que acabaron jugando un papel más que decisivo.

Abrí la boca para replicar, pero el cansancio, las horas en las que estábamos y el sentimiento de que no merecía la pena hacerlo provocaron que no dijera ni una sola palabra.

—Encargaré a los muchachos que se dirijan a la zona de Hyde Park donde encontraron el cuerpo de la chica y a todas las calles circundantes para que investiguen los rumores y escuchen lo que puedan. Estoy convencido de que este hombre misterioso tuvo que cometer algún desliz y alguien, en algún lugar, lo conoce. Pero bueno, eso ya será mañana. Por hoy, creo que nos hemos ganado el descanso.

A LA MAÑANA SIGUIENTE, no perdió el tiempo. Tan pronto me levanté, encontré a Holmes asomado a la ventana y llamando a voces a uno de los chicos que merodeaban cerca de Baker Street. El joven, de rostro travieso y mirada vivaz, se apresuró a entrar en el salón, lo que hizo apenas un par de minutos después.

—Wiggins —le dijo Holmes, entregándole un sobre con algunas monedas—, necesito que tú y los muchachos investiguéis los alrededores de Hyde Park. Quiero saber si alguien ha visto a un caballero en compañía de una joven que responda a la descripción de Martha Beresp. Era una chica morena, de baja estatura, apreciada por su belleza y muy conocida en la zona. No escatiméis a la hora de preguntar en tabernas, entre cocheros... lo que sea necesario. Es probable que este hombre esté bien vestido y sea un caballero de cierto renombre, que mantuvo una relación en secreto con la chica que te he dicho. Quizá por eso no sea fácil averiguar quién es, pero, por lo menos, intentadlo a ver que conseguís.

El joven asintió, tomando el sobre con un gesto decidido.

—No se preocupe, señor Holmes. Lo averiguaremos todo —aseguró, antes de salir corriendo a cumplir su misión.

Holmes se echó a reír por su entusiasmo, al mismo tiempo que yo pensaba en lo extremadamente generoso que era con ellos.

—Ahora —dijo Holmes volviéndose hacia mí—, mientras nuestros pequeños aliados hacen su parte, recapitulemos sobre lo que hemos aprendido hasta ahora.

Me sorprendió su propuesta.

—¿En serio? Pensaba que íbamos a ir a hablar con la amiga de Martha.

—Y lo haremos, Watson, lo haremos, pero primero prefiero esperar a ver qué averiguan Wiggins y sus muchachos. Cuanta más información tengamos, en mejor situación estaremos de abordar la conversación con ella.

Aunque su respuesta no me convenció, nos sentamos en dos butacas y Holmes empezó a desgranar los hechos.

—Primero, el cuerpo de Martha Beresp fue hallado en Hyde Park. En su mano apareció una pequeña flor, no sabemos muy bien con qué significado. Está claro que se la colocaron, aunque desconocemos el propósito. La conversación posterior con sus padres podría llevarnos a creer que James fue el responsable, dado su afecto obsesivo por la joven. Sin embargo, la naturaleza de las cartas sugiere lo contrario. Martha mantenía una relación secreta con un hombre casado, alguien de posición y poder, lo que explicaría por qué rechazaba a James y por qué había cambiado en las últimas semanas. ¿Está de acuerdo?

Asentí, repasando mentalmente las palabras de James en la taberna.

—Sí, él notó ese cambio de actitud. Dijo que ella estaba más nerviosa, más distante. Se había apartado de él, lo que encaja con la idea de que Martha mantenía otra relación. Ahora bien, ¿cree usted que la madre sospechaba de esta relación? —pregunté, recordando el carácter dominante de la señora Beresp.

—Es posible, Watson, es posible —me respondió—, aunque no creo que fuera completamente consciente de los detalles. Lo que sí sabemos es que este hombre, nuestro remitente anónimo, temía que su esposa se enterara. Eso sugiere que el asesinato podría haber sido motivado por el temor a un escándalo ante la posibilidad de que Martha decidiera hablar o incluso chantajearlo.

Reflexioné sobre esto.

—El miedo al escándalo podría explicar su brutalidad. Un hombre que se siente acorralado, atrapado por sus propios errores...

—Así es, Watson. No olvide, sin embargo, que el asesino no es un hombre desesperado por naturaleza, sino un calculador, como demuestra el hecho de que colocara la flor con la intención de desviar nuestra atención hacia James. Es más astuto de lo que parece, lo cual nos lleva a una conclusión lógica: alguien con una mente fría y metódica, acostumbrado a manejar situaciones delicadas.

Holmes se detuvo un momento, mirando fijamente una chimenea que estaba apagada ante la costumbre de la señora Hudson de no encenderla hasta media tarde.

—Watson, cuando descubramos quién es este hombre, habremos desenmascarado al asesino, ya lo verá.

Pasaron un par de horas antes de que Wiggins volviera, sucio y con la ropa gastada por las carreras que seguro que se habría dado de un lado a otro de Londres. Nos miró con los ojos encendidos de excitación. Sabía que traía buenas noticias.

—Señor Holmes, hemos averiguado algo —contó, casi sin aliento—. Preguntamos en varios sitios y hubo un cochero que mencionó haber visto a una joven como la que usted describió en compañía de un caballero bien vestido en varias ocasiones. La llevaban en un carruaje y solían pasear por los alrededores de Hyde Park al atardecer. No sabe su nombre, pero al final de cada paseo, el hombre siempre se dirigía a una casa grande en Belgravia.

Los ojos de Holmes se encendieron. Belgravia era un barrio de la clase alta, donde residían los hombres influyentes de la ciudad.

—¿Dijo algo más sobre el caballero? —preguntó Holmes.

—No mucho. Solo que siempre vestía muy elegante y nunca dejaba que la joven caminara sola. Pero el cochero mencionó un nombre al hablar de su patrón: Reginald Marsh.

Holmes asintió, satisfecho.

—Reginald. Al fin tenemos un nombre. Buen trabajo, Wiggins.

Mientras el joven salía de la sala, Holmes se volvió hacia mí, con una sonrisa de triunfo.

—Watson, el nombre de nuestro remitente anónimo ha sido revelado. Reginald Marsh. Un hombre casado, con medios, influencias y con un motivo claro para asesinar a Martha. Ahora debemos encontrarlo y hacerle hablar.

La visita a Reginald Marsh

El viaje a Belgravia fue breve, pero mientras el carruaje atravesaba las calles de Londres, el contraste entre los barrios se hacía cada vez más evidente. Las calles estrechas y desgastadas del vecindario de los Beresp, donde los edificios se apiñaban unos contra otros como si buscaran refugio mutuo de las inclemencias del tiempo y de la vida, se desvanecían tras nosotros. En su lugar, surgían amplias avenidas adornadas con árboles bien cuidados y majestuosas casas de ladrillo claro y fachadas impecables. Belgravia, con sus mansiones aristocráticas, era un símbolo de la opulencia victoriana, donde el dinero no solo compraba el espacio, sino también la tranquilidad y el silencio.

—Notable diferencia, ¿verdad, Watson? —comentó Holmes, mientras asomaba la cabeza por la ventanilla del carruaje.

—Sin duda. Aquí la vida parece fluir con una serenidad que difícilmente podríamos encontrar en otros barrios —respondí, contemplando cómo una serie de caballeros paseaban con sus bastones de ébano y sombreros de copa, ajenos a los problemas del resto de la ciudad.

—Aunque esa serenidad de la que usted habla pueda encubrir en muchos casos las más oscuras perversiones que se puedan imaginar —matizó Holmes.

Finalmente, el carruaje se detuvo frente a una imponente residencia de estilo georgiano, con una verja de hierro forjado que delimitaba un jardín de rosales en perfecto estado. Al acercarnos a la puerta, nos recibió un mayordomo de semblante adusto, que, tras escuchar el nombre de Holmes, nos condujo hacia el interior sin titubear.

La casa de Reginald Marsh se encontraba estaba decorada con un lujo sobrio pero exquisito: alfombras orientales, retratos al óleo y muebles de madera oscura que hablaban de generaciones pasadas de riqueza y poder. El ambiente era pesado, casi sofocante, impregnado por una fragancia de incienso y cera de velas.

Marsh apareció poco después, vestido impecablemente con un traje gris oscuro que resaltaba su porte altivo. Era un hombre de mediana edad, con una barba cuidada y ojos fríos que parecían escudriñarnos con suspicacia y recelo.

—Señor Holmes, doctor Watson —dijo con voz profunda—. Mi mayordomo me ha informado de su llegada, aunque debo decir que estoy algo perplejo por la razón de su visita. ¿En qué puedo ayudarles?

Nos invitó a tomar asiento en un par de sillas frente a una chimenea encendida. Holmes, con su calma habitual, sacó su pipa pero no la encendió, jugando distraídamente con ella entre sus dedos.

—Señor Marsh —comenzó Holmes, con voz suave—, lamento irrumpir en su hogar de manera imprevista, pero nuestra visita tiene un propósito muy serio. El doctor Watson y yo estamos investigando en representación de Scotland Yard el reciente asesinato de una joven llamada Martha Beresp, cuyo cuerpo fue encontrado en Hyde Park ayer por la mañana.

Marsh levantó una ceja, mostrando una expresión de desconcierto que no fue suficiente para encubrir el hecho de que todo su cuerpo se pusiera rígido de repente.

—¿Y qué relación podría tener yo con ese lamentable suceso, señor Holmes? —preguntó con voz controlada—. No conozco a esa joven ni tengo costumbre de ir por Hyde Park.

—Ah, pues ahí está el problema —replicó Holmes, inclinándose ligeramente hacia adelante—. Hemos recibido información que indica todo lo contrario. Varias personas han identificado a un caballero cuya descripción corresponde con su fisonomía acompañando a una joven muy parecida a Martha en repetidas ocasiones, en los alrededores de Hyde Park o incluso dentro del parque. También mencionaron que este caballero llegaba a su hogar, aquí en Belgravia, después de cada encuentro.

Marsh dejó escapar una breve risa, que tuvo más de nerviosa que de natural.

—Señor Holmes, debe de estar usted confundido —insistió, moviendo una mano en el aire como si con ese gesto pudiera disipar las acusaciones directas y sin rodeos de mi amigo—. No suelo salir de mi vecindario y, se lo diré con claridad, no visito barrios más humildes. Mi tiempo está bien invertido aquí, atendiendo mis asuntos. Creo que sus informantes, sean quienes sean, están completamente equivocados.

Holmes no se inmutó.

—Sin embargo, la descripción es bastante precisa, señor Marsh, y los testigos son más de uno y coinciden. No puede ser simple coincidencia.

El hombre se levantó entonces con una frialdad estudiada, pero sin quitarse de encima la rigidez de sus miembros. Caminó hasta una mesa cercana donde reposaba una botella de licor, sirviéndose una copa con unas manos que, a pesar de su aparente calma, puede observar que temblaban ligeramente, circunstancia que estoy seguro de que tampoco le pasó desapercibida a Sherlock Holmes.

—Le aseguro que jamás he oído hablar de esa joven —persistió en su actitud, con la copa ahora en la mano—. Y mucho menos he tenido algo que ver con su trágica muerte. Lo lamento profundamente por ella, pero no tengo nada que ocultar, señores.

Holmes permaneció en silencio por un largo momento, observando atentamente cada gesto de Marsh y cada fluctuación en su voz, justo antes de levantarse de su asiento.

—Le agradezco su tiempo, señor Marsh. Lo que hemos oído podría ser, como usted dice, una confusión. No obstante, tenga la seguridad de que, si algo más surge en el curso de nuestra investigación, no dudaremos en volver.

Marsh asintió con una sonrisa forzada.

—Y serán bien recibidos, si bien estoy seguro de que no volverá a ser necesario.

Holmes hizo una leve inclinación de cabeza que yo imité, si bien me sentía insatisfecho, por no decir indignado, por el desarrollo de la conversación. Con todo, nos retiramos con formalidad, mientras el mayordomo nos guiaba de vuelta a la puerta de la casa.

Ya fuera de la propiedad, mientras caminábamos hacia el carruaje, no pude contenerme.

—Holmes, ¿por qué no le ha mostrado las cartas que encontramos en el cuarto de Martha? ¿No habría sido suficiente para desenmascarar sus mentiras?

Holmes, que caminaba ligeramente delante de mí, se detuvo y se giró con una sonrisa enigmática en su rostro.

—Watson, mi querido amigo —respondió mientras volvía a caminar—, a veces es más eficaz dejar que el culpable se enrede en sus propias contradicciones. Si hubiésemos sacado las cartas a relucir, habría tenido una excusa preparada o incluso podría haber negado con todas sus fuerzas que fueran suyas, alegando que cualquiera podría haberlas escrito. Sin embargo, ha afirmado no conocer de nada a la joven y ese será su error, ya lo verá.

—¿Su error? —pregunté, intrigado.

—Sí —respondió, con esa chispa inconfundible en sus ojos—. Reginald Marsh se ha preocupado tanto de negar las cosas que, en realidad y si lo piensa, no ha dado ninguna explicación satisfactoria de por qué deberíamos descartarlo como sospechoso de la muerte de Martha o, por lo menos, como una persona que la conociera. Ha actuado como el niño que ha hecho algo y se limita a decir todo el rato que él no ha sido, sin ir más allá de las simples negativas que cualquier adulto sabe de sobra que son mentira. Ahora sabemos que ha mentido. A partir de aquí, lo que debemos hacer es exponerlo por completo y lo conseguiremos, Watson, pero lo haremos con calma. No debemos apresurarnos si no queremos cometer errores.

Me quedé en silencio, reflexionando sobre las palabras de Holmes mientras subíamos de nuevo al carruaje que nos llevaría de regreso a Baker Street. Sabía que mi compañero tenía un plan en mente, aunque, como de costumbre y para no variar en él, se negaba a revelarlo por completo.

Sarah, la pelirroja

A mediodía, de nuevo en Baker Street, Sherlock Holmes solicitó la presencia de Wiggins y de sus muchachos nada más hubimos terminado de comer. Como tantas veces antes, no tardaron nada en llegar y, apenas unos momentos después, un joven con rostro sucio y ojos vivaces entró en la sala, seguido por otros dos chicos, casi invisibles y manteniéndose en un segundo plano.

Holmes se levantó del sillón les dio las instrucciones precisas con esa brevedad y concisión suya a la que recurría siempre que no quería dar prolijas explicaciones. Aunque quizá sí era cierto que yo no había sabido darle el protagonismo que tenían en más de una historia en la que ni los nombré cuando sí intervinieron, reconocía su enorme valor y sabía de sobre que los Irregulares ejecutarían las órdenes de Holmes con la misma eficiencia de siempre. Por otro lado, el plan no tenía nada de complicado: debían seguir a Reginald Marsh, investigar sus movimientos y descubrir qué ocultaba bajo esa fachada de caballero respetable.

—Ese hombre tiene una vida secreta, Watson —me comentó Holmes una vez los chicos hubieron partido—, y las vidas secretas suelen dejar rastros que, aunque imperceptibles para los demás, se revelan claramente bajo una mirada atenta. Wiggins y sus muchachos lo averiguarán todo sobre él, ya lo verá.

—¿Y qué vamos a hacer nosotros mientras?

—Bueno, creo que ahora podría ser un buen momento para que vayamos a ver a la amiga de Martha, la chica a la que usted quería ir a ver esta mañana. Ya verá usted como, con el dato de la más que probable implicación de Reginald Marsh en esta tragedia, nuestra visita a la pelirroja resulta mucho más fructífera.

LA ENCONTRAMOS EN UNA pequeña casa, de factura modesta, no muy lejos de la calle en la que vivía Martha. Nos recibió con la amabilidad propia de las jóvenes de su clase, aunque con una innegable tristeza en sus ojos, como si la pérdida de su amiga hubiese dejado una sombra permanente en su rostro. Se llamaba Sarah Harrow y, al igual que Martha, también contaba con quince años.

—Era mi mejor amiga. No puedo creer que haya muerto de esa manera —confesó tan pronto le sacamos el tema mientras sus ojos se nublaban por las lágrimas.

Le ofrecí un pañuelo para que pudiera secárselas, a la par que Holmes abordaba sin ningún tipo de rodeo la cuestión que nos había llevado hasta allí.

—Sabemos que Martha guardaba secretos, Sarah, y tenemos motivos para creer que había un hombre especial en su vida. No me refiero a James, un chico de vuestra edad. Ya conocimos a James, hablamos con él y admitió que estaba enamorado de Martha, pero que ella no sentía lo mismo por él. Esa historia ya la conocemos. Hablamos de otro hombre, uno que le escribía cartas de amor que Martha guardaba bajo el colchón de su cama. Necesitamos que nos cuentes todo lo que sepas sobre ese hombre del que seguro que Martha te habló.

La chica se encogió ante la simple mención de aquel tema, si bien, tras un breve momento de vacilación, asintió con decisión.

—Sí, lo sabía. Martha me lo contó. No quería que nadie más lo supiera, ni siquiera su madre... especialmente su madre. Me habló de él en confidencia. Me dijo que estaba enamorada de un hombre mayor, un caballero que no era del barrio. Se encontraban en secreto. Yo le decía que era peligroso, pero ella estaba convencida de que él la amaba. Tenía tanta esperanza en sus palabras...

—¿Te contó algo Martha sobre él? —inquirió Holmes, inclinándose levemente hacia adelante con una expresión de intensa concentración.

—No mucho. Solo que estaba casado. —Al pronunciar esas palabras, la joven pareció ruborizarse, como si mencionar aquella relación prohibida fuera una falta de respeto hacia su difunta amiga—. Me contaba que él era un hombre de posición, alguien importante. Hablaba con admiración de su porte, de cómo se vestía... Decía que era muy elegante y sofisticado, algo que la fascinaba. Al principio era todo emocionante para ella, pero las últimas veces que hablamos sobre él, algo había cambiado. Estaba preocupada. Decía que él ya no era el mismo, que se mostraba distante, que sentía cómo se alejaba de ella.

Holmes intercambió una mirada significativa conmigo.

—¿Te contó por qué ella creía que él había cambiado? Créeme que puede ser muy importante a la hora de aclarar qué le pasó a Martha.

La chica suspiró, consciente de la importancia de sus revelaciones.

—Me dijo que creía que todo había sido una simple aventura para él y que nunca abandonaría a su esposa por ella. Lo peor de todo es que empezó a amenazar con contárselo todo a su familia si él no hacía algo al respecto. Estaba muy enfadada y desilusionada con él. Yo... yo intenté convencerla de que no hiciera ninguna locura, pero no me escuchó. Estas dos últimas semanas estaba desesperada, la verdad.

Al oír los que nos contaba, fui capaz de imaginar a aquella pobre chica atrapada en una situación que se le escapaba de las manos, cegada por un amor imposible que la llevaba a la desesperación y que la colocaba a merced de un desaprensivo que tan solo había querido aprovecharse de ella.

—¿Tienes idea de dónde se encontraban cuando quedaban? —preguntó Holmes con los ojos más brillantes que nunca, como el animal que está a punto de cazar a su presa.

—Siempre en Hyde Park —respondió ella—. Martha me decía que ese era el único lugar donde podían verse sin levantar sospechas porque allí hay muchos rincones en los que nadie te ve.

Holmes asintió lentamente y se puso en pie, mostrando una sonrisa de triunfo.

—Muchas gracias, Sarah. Nos has ayudado mucho más de lo que imaginas. Es posible que tengas que repetir todo lo que nos has contado delante de la policía, pero eso ayudará a que podamos encarcelar al hombre que asesinó a tu amiga.

Planteándome muy seriamente si mi amigo no podría haberse ahorrado las últimas palabras, yo también agradecí a Sarah lo que nos había contado y me despedí de ella acariciándole un brazo antes de unirme a Holmes, que ya me esperaba en la calle.

—Este hombre, Watson, es Reginald Marsh —me dijo apenas nos hubimos alejado un poco—. Ya no tengo ninguna duda. Las descripciones coinciden. Casado, de alta posición, la fascinación de Martha por su porte... Marsh es nuestra clave.

—Lo peor de todo es que la pobre chica no supo hasta el final que ella no había sido más que un simple entretenimiento para él —comenté.

—Y tener esa certeza fue lo que le causó la muerte, mi querido amigo.

—¿Qué haremos ahora? —pregunté, deseoso de saber cuál sería nuestro próximo paso.

—Esperaremos a Wiggins. Su vigilancia nos proporcionará el resto de la información que necesitamos. Reginald Marsh se ha ocultado tras una fachada, pero como todo buen mentiroso, ha dejado grietas en las que encontraremos la verdad, Watson.

Cuando volvimos a Baker Street, ya la tarde caía. Sabíamos que, en cualquier momento, uno de los Irregulares aparecería con nuevas noticias y, aunque la espera se nos hizo larga, Holmes no dio ni una sola muestra de impaciencia. Había una energía calculada en él, como si su mente estuviese viendo ya los movimientos finales de un juego de ajedrez que siempre tuvo bajo control.

La trampa

Los días que siguieron a nuestra visita a la casa de Reginald Marsh fueron, para mi asombro, de lo más extraños. Recuerdo perfectamente cómo, al regresar a Baker Street aquella tarde, Holmes, en lugar de desplegar su habitual energía para organizar los próximos pasos en la investigación, pareció relajarse por completo. Se sentó en su butaca, encendió su pipa con parsimonia y luego, para mi sorpresa, se dirigió a su escritorio, donde comenzó a escribir una carta.

Desde donde yo estaba, no pude ver el contenido de la misiva. Dado su aparente desinterés por el caso en ese momento, supuse que se trataba de alguna correspondencia rutinaria, tal vez relacionada con uno de sus múltiples contactos en Londres. Terminó de escribir, la firmó con un gesto firme y la dobló cuidadosamente antes de que, una vez más, llamara a Wiggins, quien esperaba en el recibidor.

—Lleva esto al correo, muchacho. Asegúrate de que sea entregada antes del mediodía —le rogó Holmes mientras le entregaba la carta.

Wiggins, siempre dispuesto, asintió sin hacer preguntas y salió corriendo por la puerta.

Yo observaba toda esta escena con una mezcla de desconcierto y frustración. Habíamos avanzado en el caso, teníamos claras pistas y, sin embargo, mi amigo parecía decidido a dejar todo en suspenso. Me levanté de mi asiento y me acerqué a él, esperando que compartiera sus planes conmigo, pero, en lugar de hacer referencia al caso de Martha Beresp, Holmes se puso a divagar sobre un concierto al que deseaba asistir la próxima semana.

—Holmes, ¿no deberíamos estar haciendo algo? —pregunté, de nuevo al borde del agotamiento—. Tenemos pistas claras. Sabemos que Reginald Marsh está ocultando algo y las cartas que encontramos en la habitación de Martha...

—No se preocupe, Watson —respondió con su voz tranquila, como si no hubiera ninguna urgencia—. A veces, la mejor acción es la inacción. Las soluciones llegan solas cuando uno se sienta a esperar. Mientras tanto, la música puede ser una excelente compañera.

Con esas palabras, se levantó, tomó su violín del estante y, para mi sorpresa, comenzó a tocar una melodía lenta y melancólica. La música llenó la habitación y, mientras él se perdía en las notas, yo no pude evitar sentir una frustración creciente. Parecía que se había olvidado por completo del caso.

Los días siguientes transcurrieron en una atmósfera similar. Sherlock Holmes pasaba largos ratos tocando su violín o leyendo despreocupadamente. Yo, por mi parte, me debatía entre la impaciencia y la incertidumbre. Algo había ocurrido, lo tenía claro, pero él no me lo revelaba y, sin embargo, esa actitud suya en la que, repentinamente y sin explicación, parecía retirarse mentalmente del caso, era algo que había visto antes en no pocas ocasiones hasta que, a punto de perder toda esperanza, de repente el detective reaparecía con una solución magistral.

Pasaron dos días y ya estaba al borde de la desesperación cuando, finalmente, Wiggins apareció en la puerta de Baker Street. Venía corriendo, con su rostro iluminado por una mezcla de entusiasmo y deber cumplido.

—Señor Holmes, la carta ha llegado. Está en el Club Diógenes, como usted pidió.

El Club Diógenes. No pude evitar fruncir el ceño. ¿Qué tenía que ver el Club Diógenes con este caso? ¿Acaso estábamos a punto de recurrir a Mycroft, el enigmático hermano de Holmes, quien tantas veces había intervenido en los asuntos más delicados del gobierno británico? Holmes, como era habitual en él, no me dio ninguna explicación.

—Excelente, Wiggins —alabó Holmes, mientras se ponía su abrigo y sombrero con la velocidad de alguien que llevaba días esperando este momento—. Vamos, Watson, tenemos un asunto pendiente en el Club Diógenes.

Sin más explicaciones, nos dirigimos hacia Pall Mall. Mientras caminábamos por las concurridas calles de Londres, intenté sonsacar más detalles de Holmes, pero al igual que en otras ocasiones, se mantuvo hermético. Parecía disfrutar de mi desconcierto y, cuanto más intentaba averiguar sus planes, más esquivo se volvía.

Al llegar al Club Diógenes, ese silencioso y sobrio refugio para las mentes más brillantes y reservadas de Londres, entramos sin mayor ceremonia. A pesar de mi curiosidad, no dije nada. La atmósfera del club exigía discreción. Los miembros, dispersos en la sala principal, leían o meditaban en completo silencio y no había señales de Mycroft. Justo cuando comenzaba a preguntarme qué hacíamos allí, un bedel se acercó a Holmes con una carta en la mano.

—Señor Holmes, aquí tiene —dijo en voz baja, entregándole el sobre.

Holmes lo tomó y, con una leve inclinación de cabeza, se dirigió hacia la salida sin detenerse a abrirlo en ese momento. Una vez fuera, ya no pude contener mi curiosidad.

—¿Qué es esa carta, Holmes? ¿Y por qué estábamos en el Club Diógenes?

Él sonrió de forma enigmática y por fin, después de varios días, pude ver en él aquella sonrisa que había aprendido a interpretar como una señal de que una revelación importante estaba a punto de producirse.

—Mi querido Watson, esta carta es la clave para desmantelar las mentiras de Reginald Marsh.

—¿Cómo es posible? —pregunté, sintiendo que, de alguna manera, me había perdido algo crucial.

Holmes, disfrutando del momento, abrió el sobre con tranquilidad y sacó una hoja de papel. La desplegó y, tras echar un vistazo a su contenido, me la mostró. Era una respuesta cortés, pero sin lugar a dudas escrita de puño y letra por Reginald Marsh.

—Muy simple, Watson. Esta carta me proporciona la prueba que necesitábamos. Las cartas de amor que encontramos en la habitación de Martha no estaban firmadas, pero con esta muestra de la letra de Marsh, podremos realizar una comparación inequívoca. Si la caligrafía coincide, quedará demostrado que Marsh mentía cuando afirmó no conocer a la muchacha.

De repente, todo encajó en mi mente. Holmes, al escribir aquella carta dos días antes, había urdido un plan para obtener la muestra de la caligrafía de Marsh y, tal y como me explicó, el astuto truco de enviar una misiva a nombre de una falsa organización benéfica para que él respondiera de si estaba o no dispuesto a colaborar económicamente con ella había funcionado a la perfección.

—Entonces, ¿qué haremos ahora? —pregunté, consciente de que el desenlace estaba cerca.

—Ahora, Watson, llevaremos esta carta a Lestrade. Es hora de proceder con la detención de Reginald Marsh. Su historia ha comenzado a derrumbarse y no pasará mucho tiempo antes de que confiese lo que realmente ocurrió entre él y la pobre Martha Beresp.

La detención

La mañana que llevamos la carta de Reginald Marsh a Lestrade fue una de esas típicas de Londres: un cielo plomizo, gris y con una humedad que se filtraba en los huesos. El inspector nos recibió con una mezcla de cansancio y escepticismo, aunque, como era habitual, no pudo evitar sentir esa chispa de curiosidad que siempre provocaba cualquier aparición de Sherlock Holmes en Scotland Yard.

Holmes, sin preámbulos, sacó las cartas que habíamos encontrado en la habitación de Martha Beresp y la contestación de Marsh recibida en el Club Diógenes. Los dispuso sobre el escritorio de Lestrade con una precisión casi ritual.

—Lestrade, estas son las pruebas que necesitábamos —dijo Holmes, señalando las hojas extendidas—. Compare la caligrafía de ambas cartas. El hombre que las escribió es el mismo, sin ninguna duda.

Lestrade se inclinó sobre los documentos, entrecerrando los ojos mientras pasaba de una carta a otra. No era un experto en grafología, pero incluso a simple vista, la similitud entre ambas caligrafías era innegable.

—Esto es suficiente para arrestarlo —dijo Lestrade, enderezándose con la determinación que a veces le faltaba al inicio de un caso—, pero veremos qué tiene que decir.

Un par de horas más tarde, nos encontrábamos frente a la casa de Reginald Marsh en Belgravia. El hombre que nos abrió la puerta ya no parecía tan amable como en nuestra primera visita. De hecho, tan pronto como vio a Lestrade y a los dos policías que lo acompañaban, quiso cerrarnos la puerta de golpe, lo que no consiguió gracias a que el inspector deslizó habilidosamente su pie a fin de evitar que lo hiciera.

—¿Qué significa esto? ¿Por qué vuelven aquí? —bramó Marsh de fondo, colérico al comprobar que su criado era incapaz de cerrar la puerta.

—Reginald Marsh, queda usted arrestado como sospechoso del asesinato de Martha Beresp.

Marsh se quedó inmóvil por un segundo, como si esas palabras no fueran capaces de penetrar la fachada de su respetabilidad. A continuación, su expresión se tornó hostil.

—¡Esto es absurdo! —gruñó—. No conozco a esa muchacha, ya se lo dije. Nunca he tenido nada que ver con ella.

Holmes dio un paso hacia adelante con la carta en la mano.

—Esta es su caligrafía, señor Marsh —dijo con suavidad, pero con la risa maliciosa de quien sabe que se ha salido con la suya—, la misma que aparece en las cartas de amor encontradas en la habitación de la señorita Beresp. Negarlo ahora sería una pérdida de tiempo.

El color pareció abandonar el rostro de Marsh en un instante. Intentó mantener la compostura, pero su cuerpo se empeñó en traicionarlo. Sus manos temblaban y su respiración se aceleró. Durante unos segundos, pareció debatirse entre seguir con su mentira o afrontar una verdad que ya no podía ocultar.

Finalmente, bajo la presión de la evidencia, Reginald Marsh se derrumbó. Su cuerpo se desplomó en la silla más cercana, y por un instante, pareció que todas las fuerzas lo abandonaban. Miró a Lestrade y a Holmes con ojos derrotados. No hicieron falta las palabras.

FUE EN UNA LÚGUBRE oficina de Scotland Yard, mientras la lluvia golpeaba las ventanas, donde Marsh relató los hechos. La historia que contó fue tan vil como predecible. Había conocido a Martha Beresp por casualidad y pronto había quedado fascinado por su juventud e ingenuidad. No había sido amor lo que sentía por ella, sino una atracción egoísta y superficial, algo animal que él sintió que podría explotar sin temor a las consecuencias. Al principio, Martha, una joven impresionable, había caído en su trampa, cegada por las atenciones de un hombre que, por su posición y refinamiento, parecía ofrecerle un mundo de promesas.

Sin embargo, con el tiempo, la relación secreta había comenzado a desmoronarse. Martha, aunque joven, no tenía un pelo de tonta. Había empezado a exigir algo más que las citas clandestinas en parques o calles solitarias. Amenazó con contarlo todo, incapaz de soportar más las mentiras y los secretos, lo cual para Marsh, un hombre casado con una reputación que mantener, era inaceptable.

—Me dijo que iba a contarlo todo —relató con un tono apagado—. Que iba a decirle a todo el mundo lo que había entre nosotros. No podía permitirlo. Mi vida, mi matrimonio, mi posición... todo habría quedado destruido.

Fue entonces cuando decidió que Martha debía desaparecer. Aprovechó uno de sus paseos habituales por Hyde Park. Esperó a que la luz del día comenzara a desvanecerse, cuando el parque quedaba semivacío. La llevó a uno de los recovecos menos transitados, un lugar apartado que conocía bien, y allí, en un arrebato de desesperación y miedo, la atacó. La estranguló con un cordel resistente que se había echado al bolsillo, asegurándose de que no habría testigos.

Siguió relatando cómo, antes de decidirse a ejecutar su plan, había recordado algo y era cómo James, el pretendiente rechazado de Martha, solía regalarle flores, por lo que, en su intento por desviar la atención de sí mismo, había llevado una flor que colocó en la mano de la joven muerta, esperando que la policía pensara que había sido un crimen pasional cometido por el joven despechado.

—Pensé que me saldría con la mía —admitió finalmente, enterrando el rostro en sus manos—. Pensé que nunca lo descubrirían.

Después de que Marsh terminara su confesión, se apoderó de la habitación un silencio opresivo, como si todos estuvieran procesando la magnitud de lo que había hecho. La frialdad calculada con la que había tratado de incriminar a un joven inocente, el desprecio por la vida de una chica a la que había utilizado sin remordimientos y el cinismo de ocultar todo tras la fachada de un hombre respetable... todo ello dejaba en claro que, detrás de su buena apariencia y posición, Reginald Marsh no era más que un monstruo.

Mientras salíamos de Scotland Yard, reflexioné sobre el caso y no pude evitar sentir una profunda tristeza. Martha Beresp había sido una joven frágil, pero llena de vida, que había tenido la desgracia de cruzarse con un hombre que no dudó en destruirla para proteger su propia vida de falsedades.

—Mi querido Watson, los peligros que acechan a las personas como Martha no son siempre evidentes ni fáciles de detectar —reflexionó Holmes mientras caminábamos de vuelta a Baker Street—. El mal se oculta, a menudo, tras una sonrisa amable y una posición elevada, pero el verdadero monstruo es aquel que utiliza el poder y la influencia para destruir lo que no puede controlar.

Asentí en silencio, consciente de que había mucho de verdad en sus palabras. La historia de Martha suponía un recordatorio sombrío de cómo la fragilidad y la inocencia podían ser explotadas y de cómo el mal, en sus múltiples formas, a menudo se disfrazaba de respetabilidad.

—Pero Holmes —reparé—, hay un par de detalles que se me escapan.

—¿Cuáles, mi querido amigo?

—¿Por qué la carta de Marsh llegó al Club Diógenes?

Se echó a reír de manera estruendosa.

—Watson, hay veces que me recuerda usted a Lestrade. La carta no era más que una trampa para obtener una muestra de su escritura. Haciéndome pasar por el director de una institución benéfica...

—Sí, lo sé, Holmes —le interrumpí—. Eso ya me lo explicó y me pareció muy ingenioso, pero ¿por qué Marsh la envió al Club Diógenes? ¿Estaba Mycroft implicado en esto?

Sherlock Holmes se echó a reír de nuevo.

—¿Y por qué iba a estarlo? Allí me conocen lo suficientemente bien como para que pueda actuar por libre sin necesidad de decirle nada a mi hermano. Simplemente le pedí a Marsh que dirigiera allí su respuesta porque, como comprenderá, ¡no iba a decirle que la enviara a un tal Sherlock Holmes de Baker Street!

Me sentí tremendamente ridículo. No podía ser más lógico.

—¿Qué otra cosa quería saber, Watson? —me preguntó dándome una palmada en la espalda.

—Pues... ¿por qué esa actitud de la madre de Martha hacia nosotros?

Aquí mi amigo se puso serio y se limitó a encogerse de hombros.

—Me temo que nunca lo sabremos. Hay gente tan desconfiada, controladora e incluso yo diría que manipuladora que se pone muy nerviosa cuando alguien se mete en su vida. Resulta estremecedor pensar cómo los posibles secretos que ella pueda tener y que seguro que no irán más allá de una aventura extramatrimonial están por encima incluso de la investigación de la muerte de su propia hija.

—Terrible, la verdad —sentencié—. ¡Pobre muchacha!

El caso estaba cerrado, pero el peso de la tragedia quedaría conmigo durante mucho tiempo. Una vez más, Sherlock Holmes había desentrañado las mentiras que ocultaban la verdad, pero no había nada que pudiéramos hacer para devolverle la vida a la inocente joven que había sido víctima de un hombre sin alma.

Don't miss out!

Visit the website below and you can sign up to receive emails whenever John H. Watson publishes a new book. There's no charge and no obligation.

https://books2read.com/r/B-A-IYPMC-ARCBF

BOOKS 2 READ

Connecting independent readers to independent writers.

Also by John H. Watson

Los casos olvidados de Sherlock Holmes
La joven de Hyde Park

www.ingramcontent.com/pod-product-compliance
Lightning Source LLC
Chambersburg PA
CBHW031456130726
47989CB00003B/1409